看圖學注音

使用說明

本套注音符號的出現順序，是依學生學過的注音符號為基礎，引導他學習新注音符號的方式，編排注音符號出現先後順序。所以不能顛倒單元順序學習。請依照單元的先後順序學習，由第一冊、第二冊、第三冊、第四冊、第五冊的順序學習。每一冊要依頁次學習。圖可以給兒童著色、練習說話。

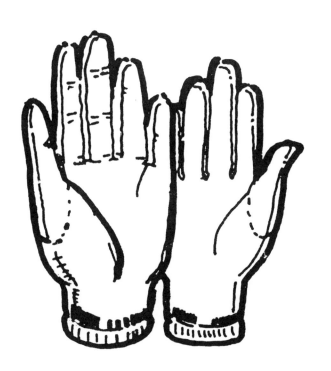

去
公

ㄨˋ
ㄧ

2~4

ㄨㄢˇ

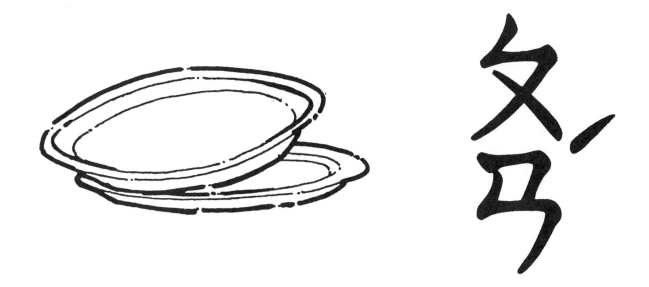

ㄆ
ㄨ

連連看，再把「ㄊ」「ㄢ」音圈起來。

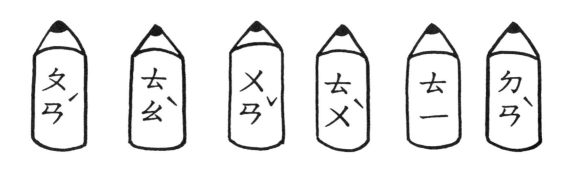

ㄆㄢˋ　ㄊㄠˋ　ㄨㄢˇ　ㄊㄨˋ　ㄊㄧ　ㄌㄢˋ

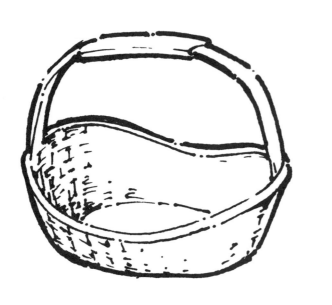

ㄌㄢˊ

ㄌ
ㄠˇ

貼一貼，說說看屋裡哪個音相同？

ㄠˇ

ㄢˊ

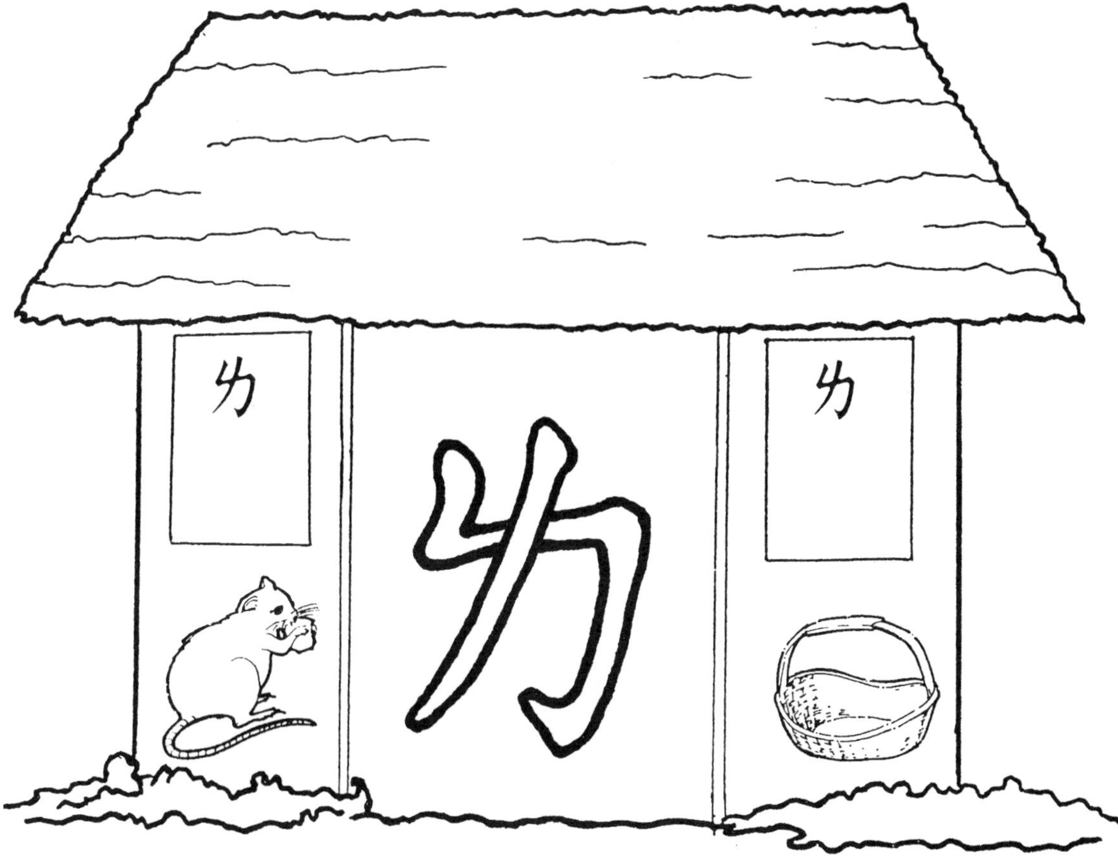

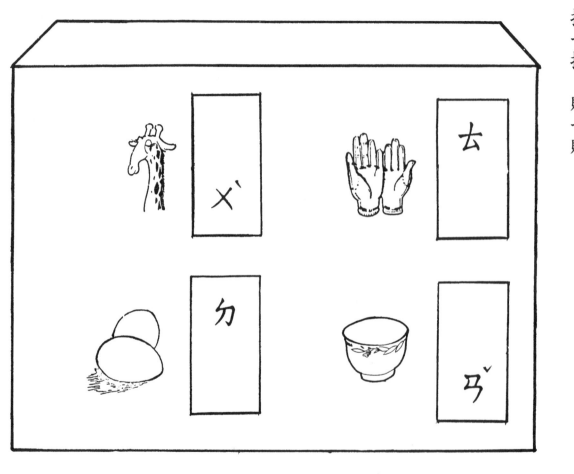

ㄨˊ

ㄊ

ㄉ

ㄢˇ

ㄉ
ㄨˋ
ㄢˋ
ㄠ

2～14

ざ

貼一貼，說說看屋裡哪個音相同？

さ

ざ　さ

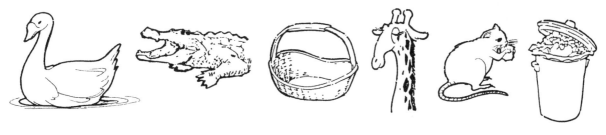

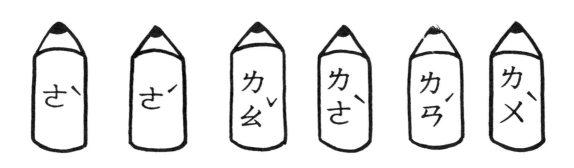

ㄙ丶　ㄙˊ　ㄎㄠˇ　ㄎㄜˋ　ㄎㄢˊ　ㄎㄨˋ

ㄜˋ	ㄅㄢˋ	ㄊㄧ
ㄨㄢˋ	ㄆㄢˊ	ㄊ
ㄢ	ㄌㄢˊ	ㄊㄨˋ

ㄉㄨˋ	ㄆㄛˊ	ㄅㄚˇ
ㄉㄜˋ	ㄛ	ㄞˇ
ㄜˊ	ㄅㄛ	ㄊㄠˋ

ㄨㄢ	ㄌㄠˇ	ㄊㄨˊ
ㄨㄛ	ㄜ	ㄅㄠˋ
ㄨㄞ	ㄆㄛˊ	ㄆㄠˇ

ㄆㄠˊ ㄅㄠˊ	ㄇㄚ˙ ㄇㄚ	ㄉㄧˋ ㄉㄧ˙	ㄇㄚˇ ㄧˇ	ㄉㄚˋ ㄨㄢˇ	ㄨㄞˋ ㄊㄠˋ	ㄆㄨˋ ㄊㄠˊ	ㄅㄢ ㄇㄚˇ	ㄅㄞˊ ㄊㄨˋ

去ˋ玄	去	马	ㄨㄢˇ	ㄌ	ㄌㄢˋ

2～24

ㄌㄨˋ	ㄌ	ㄜ	ㄜˋ	ㄊㄨˋ	ㄊ

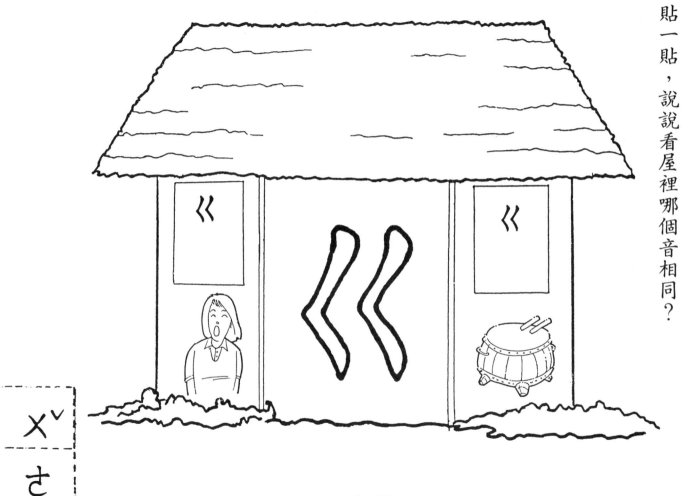

ㄨˇ
ㄜ

ㄎ
ㄨˋ

カ゛
ㄨ

ㄊ

ㄅ

連連看，再把「ㄍ」「ㄡ」音圈起來。

ㄊㄡˊ　ㄅㄡˋ　ㄉㄡˋ　ㄍㄜ　ㄍㄡˇ　ㄍㄠ

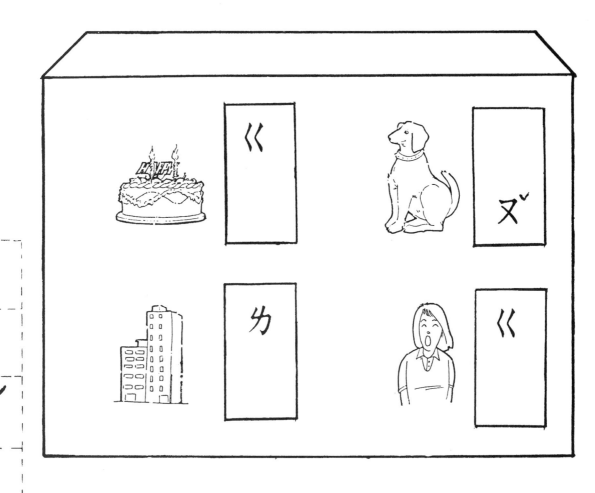

ㄠ
ㄍ
ㄨˊ
ㄜ

ㄋㄡˊ

ㄋ
ㄞˇ

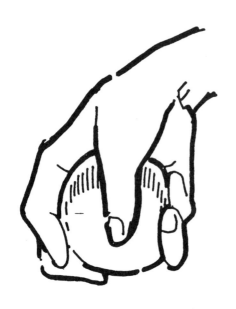

ㄋ
ㄧ
ㄠˇ

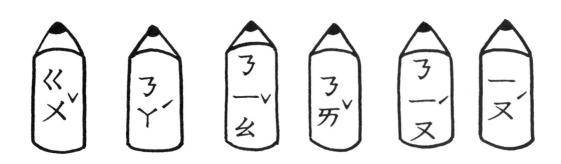

ㄍㄨˇ	ㄍ	ㄅㄡˋ	ㄡ	ㄅㄠ	ㄍㄠ

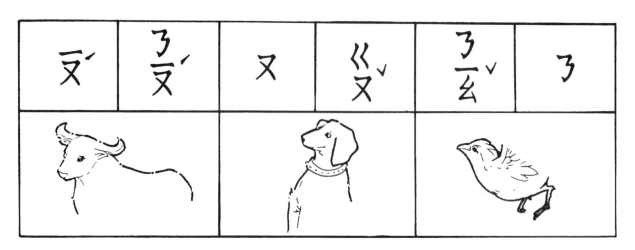

ㄡ	ㄋㄡˊ	ㄡ	ㄍㄡˇ	ㄋㄠˇ	ㄋ

발

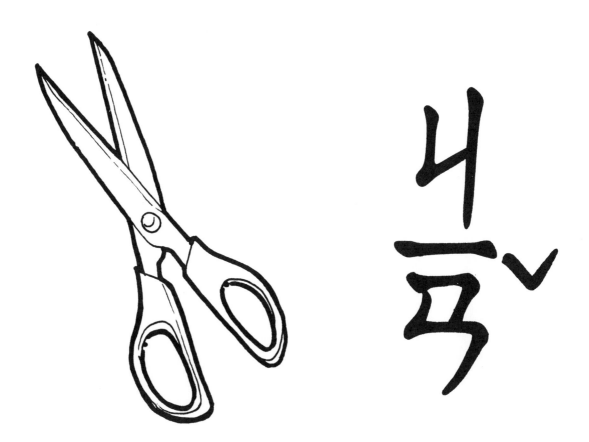

剪裁

貼一貼，說說看屋裡哪個音相同？

ㄠˇ
一

連連看，再把「ㄐ」「一ㄠˇ」音圈起來。

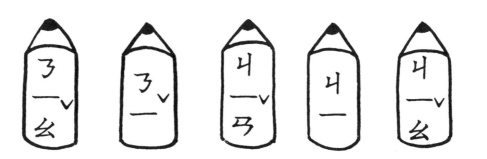

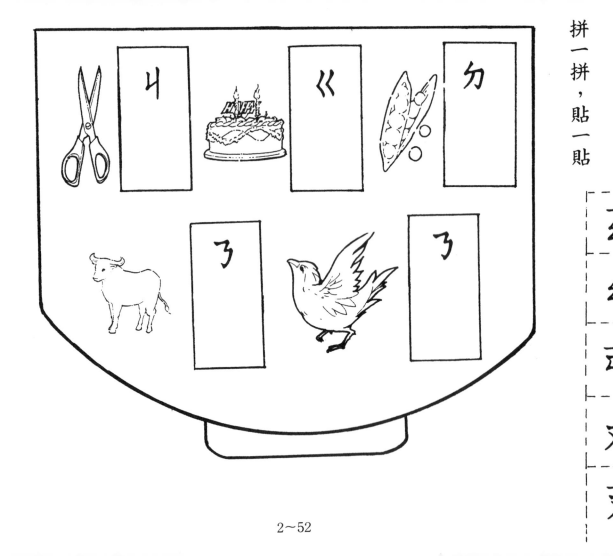

ㄐ　ㄍ　ㄅ

ㄋ　ㄋ

ㄠˇ　ㄠˊ　ㄢˇ　ㄡˋ　ㄡˇ

ㄍㄡˇ	ㄋㄞˇ	ㄐㄧ	ㄍ	ㄍㄠ	ㄍㄨˊ	ㄍㄜ

ㄧㄡˊ	ㄡ	ㄐㄧㄠˇ	ㄍㄢ	ㄐㄧㄢˇ	ㄋㄧㄠˇ	ㄋㄧㄡˋ

2～53

ㄐㄧㄢˇ	ㄋㄧˇ	ㄋ	ㄉㄡˋ	ㄋㄚˊ	ㄊㄡˊ	ㄉㄡˊ

ㄨㄢ	ㄨㄞ	ㄨㄛ	ㄧㄡ	ㄧㄠ	ㄧㄢ	ㄐ

ㄐㄧˊ ㄉㄢˋ	ㄋㄧㄡˊ ㄋㄞˇ	ㄋㄧˋ ˙ㄉㄜ	ㄅㄚˊ ㄌㄡˇ	ㄧㄚˊ ㄍㄠ	ㄅㄚˊ ㄍㄨˇ	ㄍㄜ ˙ㄍㄜ
ㄧㄠˊ ㄊㄡˋ	ㄧ ㄐㄧㄚ	ㄐㄧㄢˇ ㄉㄠ	ㄅㄢˋ ㄍㄨㄛˊ	ㄋㄞˇ ˙ㄋㄞ	ㄅㄞˇ ㄍㄠ	ㄌㄡˋ ˙ㄍㄜ

ㄇㄚ˙ ㄇㄚ	ㄅㄚˋ ㄅㄚˇ	ㄅㄚˇ ㄅㄚ˙	ㄨㄛˋ ㄅㄢ	ㄨㄛˇ ㄉㄜ	ㄇㄢˋ ㄅㄠ	ㄆㄧˊ ㄅㄠ

ㄨㄛˇ ㄅㄚˋ ㄍㄨ	ㄋㄚˊ ㄆㄠˊ ㄅㄠ	ㄨㄛˋ ㄉㄜ ㄇㄠ	ㄋㄧˇ ㄉㄜ ㄍㄡˇ	ㄅㄚˋ ㄅㄚˇ ㄉㄜ	ㄇㄞˋ ㄉㄢˋ ㄍㄠ	ㄇㄞˇ ㄉㄚˇ ㄅㄚ˙

2~56

ㄉ ㄡˋ	ㄉ	ㄐ ㄧ	ㄐ ㄢˇ	ㄡ ˇ	ㄡ

ㄜ	ㄜˊ	ㄐㄩ	ㄐ	ㄛ	ㄅㄛ

ㄐㄠˇ	ㄐ	ㄌ	ㄌㄜˋ	ㄊㄡˇ	ㄊ